U0137715

经 典 照 亮 前 程

魂与结

Mojave Ghost Knot

[美]弗罗斯特·甘德 著 李栋 译

华东师范大学出版社
·上海·

图书在版编目（CIP）数据

魂与结 /（美）弗罗斯特·甘德著；（美）杰克·谢尔摄；李栋译．-- 上海：华东师范大学出版社，2024

ISBN 978-7-5760-4865-0

Ⅰ．①魂… Ⅱ．①弗… ②杰… ③李… Ⅲ．①诗集－美国－现代②摄影集－美国－现代 Ⅳ．①I712.25 ②J431

中国国家版本馆 CIP 数据核字 (2024) 第 068997 号

魂与结

著　　者　[美]弗罗斯特·甘德
摄　　影　[美]杰克·谢尔
译　　者　李　栋
策划编辑　许　静
责任编辑　乔　健
责任校对　时东明
装帧设计　卢晓红　郝　钰

出版发行　华东师范大学出版社
社　　址　上海市中山北路 3663 号
邮　　编　200062
网　　址　www.ecnupress.com.cn
电　　话　021-60821666
行政传真　021-62572105
客服电话　021-62865537
门市（邮购）电话　021-62869887
门市地址　上海市中山北路 3663 号华东师范大学校内先锋路口
网　　店　http://hdsdcbs.tmall.com

印 刷 者　上海中华商务联合印刷有限公司
开　　本　890 毫米 ×1240 毫米　1/32
印　　张　5.625
插　　页　2
字　　数　100千字
版　　次　2024 年 7 月第 1 版
印　　次　2024 年 7 月第 1 次
书　　号　ISBN 978-7-5760-4865-0
定　　价　89.00 元

出 版 人　王　焰

（如发现本版图书有印订质量问题，请寄回本社客服中心调换或电话 021-62865537 联系）

弗罗斯特・甘德
摄影：杰克・谢尔（Jack Shear）

弗罗斯特・甘德（Forrest Gander），作家兼翻译家，拥有地质学和文学学位。他的作品包括获得二〇一九年普利策诗歌奖的《相伴》（*Be With*）、《新生》（*Twice Alive*）以及小说《踪迹》（*The Trace*）。甘德的译作包括卡柔・布拉乔（*Coral Bracho*）的《一定是误会》（*It Must Be a Misunderstanding*）、野村喜和夫（*Kiwau Nomura*）的《奇观与猪圈》（*Spectacle & Pigsty*）（曾获最佳翻译奖）以及聂鲁达的《那就回来吧》（*Then Come Back*），后者收录了聂鲁达生前未曾出版的诗作和译诗。甘德曾获美国国会图书馆、古根海姆、霍华德、惠廷以及美国艺术家基金会资助。他出生于莫哈韦沙漠，现居美国加州北部。

目录

魂 001

诗人小记 007

莫哈韦沙漠之魂 009

结 109

诗人小记 113

结 115

附录

漫长的冲刷 165

翟永明

译者小记 171

魂

摄影：弗罗斯特·甘德

Mojave Ghost

photographer: Forrest Gander

给　卡琳·甘德（Karin Gander）

给　阿什维妮·巴特（Ashwini Bhat）

弗罗斯特·甘德 (Forrest Gander) 的诗气势磅礴、思想深刻、震撼人心。甘德是北美诗歌界和我们时代最为杰出的诗人之一。

——智利诗人劳尔·朱利塔（Raúl Zurita）

“在最为亲密的关系中，我们不是经常意识到自己的身份、所有的身份都可以相融组合吗？”

——《新生》（*Twice Alive*）

诗人小记

出生在莫哈韦沙漠的我吃的第一口土是家门口的一把粉砂岩灰。我父亲不常在家。我母亲一有时间就会在巴斯托彩虹盆地五彩斑斓的峡谷间散步。该盆地现已被认证为美国国家自然地标。母亲所讲述的岩壁上变化的光线、自然的寂静和与响尾蛇的相遇以及她不断被扩充的化石收藏——包括一根断裂的骆驼肋骨和一颗雨后从沉积层中拔出的乳齿象的牙齿——这些都激发了我对地质科学的兴趣，促使我学习地质学、获得地质学学位。地质学据说就是从事挖掘记忆的工作。后来，我迷恋上了沙漠，还探索了别的沙漠：撒哈拉、阿塔卡马、塔尔、奇瓦瓦，等等。母亲在二〇二一年的新冠疫情期间去世，但每次回到莫哈韦沙漠，我都能在轻柔的微风中真切地，而不是在隐喻层面上，感受到她逝去的灵魂。我透过她的声音、她的眼睛来审视这一片风景。

在我的妻子、诗人 C. D. 莱特（C.D. Wright）去世的第六个年头，也就是我母亲过世的第三个年头，我开始从北向南徒步行走长约八百英里的圣安地列斯断层的部分路段。陪伴我的是个新移民，她叫阿什维妮 · 巴特（Ashwini Bhat）。最终我们两人一起走到了莫哈韦，来到了我出生的那个荒凉的小镇。回忆和眼前的一幕幕交织在一起，内心波澜起伏的情感和这一片风景融合在一起，我的自我意识变得如万花筒般丰富多彩。地质学家都知道，历史从未远离过地表。沿着沙漠和我自身的断层线，我发现自己正在穿越时间和地点之间可相互渗透的维度，并将我的情感、这残破的风景和其他的分崩离析联系到一起。这些分崩离析不仅为我自己的国家奠定了基础，也决定了与其他事物相互关联中的任何自我存在。

莫哈韦沙漠之魂

（新小说诗）

男人们用事实来武装自己。
有些人会说，让我看看，
就伸手去拿了。他们会正儿八经地问，谁
是你六三到六五年间第二喜欢的
次中音萨克斯风手？每个人
都觉得对方比自己更空洞，
更做作。是他自己
做出了必要的决定。只有我
生活在真实的真实中，他这么想。我这么想。

夜里的风把旗杆吹得哗哗作响。

现在我身上已经没有了
之前的我。他对自己
这么说。为了
能面对自己生活下去。

将近午夜时分。微弱的月光照耀着
门廊，他的靴子整齐地摆放在
大门口。四根黑色的鞋带，
有三根被塞到了靴领里，
有一根松了，从鞋眼垂到
水泥地上，像是条细细的血痕。

我发现我的必需也是临时的，

我身上最重要的早已懈怠，
留在了身后某些无法挽回的决定之后。

她轻声问他有没有注意到。
什么？小飞蛾在傍晚
冒出来，而大飞蛾——这些家伙，她说着
把目光投向黑暗，
要到半夜才出来。

他的双眼、她双唇的意向以及他所想要的，
也就是在这情境之外的，即便在思索过后
也找不到关联。

她把这种绚丽的否定称之为夜晚。

一切都在变幻，
就在几秒间，沙蝇
唾液里的寄生虫
在肠道间自我复制
并迁移到沙蝇的吻管上。

在深夜微微的精液气味中
独自醒来。

*

回到这里，他在睁眼能看到的
所有地方都想象着她。想象她是春天里山头沸腾的绿。

乌鸦都醒了。

他的记忆中，她的气息如剪纸般被剥开。

对她来说，这里是家。在这个镇上，
各式基督教原教旨主义
与无节制的商铺扩张
交织到了一起。

现在火车只是从这儿经过。

一个男子在碎石场
冲洗着水泥搅拌机。一种强迫忏悔的形式。

明媚的午后，一个年轻的女子慢步走向她的车，
穿过乳房切除中心的停车场。

我们的朋友死在了这儿：衣衫不整，
低头看着书，沿着州际公路的路肩
徒步走着就没了。

尽管很久以来我把这些都看成
是可能，但未走过的轨迹
却因我的自我认同而退缩。

他记得她满是热情的声音。
还有在他人生的转折点上，
她看到他是如何被自己
自律般的不专注所折服。哦，
她曾欣喜地补充道，我爱
雨后饲养房的气味。

*

回到一家叫拉娜的餐馆，看着远桌上
一名女子把头发甩到另一个肩膀上
并对着同伴露出牙齿。

红酱，鸡蛋被端上来时，她说，
女服务员就拿来了番茄酱。

当我从饭桌上
拿起账单的时候，
女服务员说了声欢迎再来，
而我则下意识地回答我们会再来的。

收银机旁有张手写纸条：
请勿将手臂靠在山核桃卷上。

于是我付了钱，走进午后
潮湿、带着石头味的炎热之中。
隆起的乌云投下巨大的阴影。

落下的会是场山沟的洗礼。

严格来说，奶牛是被惊呆了
而没有死。尽管可伸缩枪栓

已经摧毁了它的大脑，
而它尼古丁色、圆如土星般
睁大的双眼还在打量着我。

是什么鸟把薰衣草、薄荷、西洋蓍草
和香茅草编织成鸟巢，搭在我们生锈的门廊灯下？

就在雨对着雨开始落下更大的雨时。

*

刮水片把雨水溅到我身上，
加油站服务员递给我零钱。

当我们的朋友办完离婚手续，
我帮她搬家到一处公寓，她转过身
问我觉得她应该
把胎盘罐放在哪里。

出于友谊。出于我的劳苦
对于友谊的意义。

你在想什么呢？眉头紧锁着干吗？
我在想你。
你在想什么？

在你常去的饰品店里，
雨水模糊了橱窗，有个跪着的埃兰牛神，
用雪花石雕成，拿着祭器
举向汹涌而来的暴雨，一个永远在转动的世界。

他一定也看到了你从身旁走过。

我盯着自己小时候的照片。

那个人现在到底是谁?
某个牙龈萎缩、长着美人尖、
头发在耳朵里打转的孩子。
这正是之后令人无法忍受的证明。

你说：我要的就是真实。

但无论我怎么努力，
我都不能把不真实从身上甩开。

伊甸岛上传来孑然一身的土狼的嚎叫。

*

因为他愤怒
或是因为他抑郁却自我否认
或是因为他恨却满是自责，
因为他沉浸在失望和放纵之中，因为
抑郁吞噬了声音，就像泥土吞噬了
雨水，他所爱的人发出的细声的哀求
和痛苦的呐喊都无法传递给他。

现在，他发现已经无法
分清第一和第三人称的
界限。他

所感知的世界
在参照焦点之间
摇摆不定。我真不知
从何下手。

就像试图跨过阁楼上的栅栏。

在世界公开性
和自我内在性上如此。

在过去和未来之间也是如此。

无论如何，我在自己呆呆望着长空前
都会假定有你，想告诉你什么。

我的许多经历都已模糊不清了。（帮帮我啊，
上帝，我稀里糊涂地想。）但是
每一个时刻都把你烙到我心里。

*

教堂破瓦砾屋顶上的橙色地衣——
聒噪的拟八哥在广场上的暮色橡树间若隐若现——
太阳的最后一缕余晖洒向钟楼——
一位说西班牙语的老人
在教堂的台阶上审视着我，
他用食指碰了碰自己的右眼下方，
把下眼睑上的肉往下拉，
我就此患上了关节炎。

现在，我的树枝向地面弯曲。

回望快乐也就没有了快乐。
动脉硬化的自己说。

放下你的减震器，小伙子。

可哪一个自我会像浴室镜子里的
蝾螈会眨眼睛呢？

她用全部的心智和灵魂塑造成

一束永不减弱的爱之光来瞄准他，
其间，他却想着别的什么事，

心思在别处。无可解释。

现在情感涌上心头，有点
迟了，随之而来的是脑海间闪过
那头被惊吓至极的野兽
重重地撞在栏杆上，
而它的大脑也从此停止了运转。

*

现在他正看着围脖般的云
从钢制机翼上划过。

这漩涡般的光一定是真实的。
但他面前的景象并没有进入他的内心。

我从她那里借来了光辉。现在光辉又在哪里?

勿忘你终有一死。就这样,
云像一条条碳线,
这些细如鸟骨的云
给午后的天空塑造了结构,
却终将默默幻化成虚无。

机翼下,那不是垃圾填埋场,
而是一面镜子。

我不记得自己曾离开过地球。
但我一定是离开过的,因为我不再记得
这个地方、这个我。就好像是我进入了
满是苔藓的奇幻森林,尽管我怀疑它们
确实是在歌唱,但我的耳朵却被柏油堵住了。

*

像是一堵高耸的墙，用毫无意义的词语
筑成，越筑越高。

如果语言只是另一种形式的协调——

如果令人窒息的动词时态
能够把过去和现在
聚拢成情感的和音——

也就是兰斯顿 · 休斯
用 feet（脚）和 alreet（好）押韵的时候。

当发现自己的生活
不堪入目的时候，我们会说
我已经不再是那样的人了。
我现在变了。回归到
我本来应有的样子。

但是是什么鸟把薰衣草、薄荷、西洋蓍草
和香茅草编织成鸟巢，搭在我们生锈的门廊灯下？

我不断回温记忆，
回味油然而生的兴奋，

确定什么才是最重要的。可是
谁又会满足于这些小欣慰呢？

*

尽管没有人喊我的名字，我还是回过了头。

寻找夜间栖息地的小鸟儿
像小星星般坠入我周围
漆黑的枯树里。我曾想

梦就像是清水，我们
什么也问不出来。在那时，
你来看我，你的身躯又完整了，
可是你的呼吸里却是灭绝的气息。

*

咖啡胶囊还留在咖啡机里，

用过的杯子岌岌可危地

放在床对面的书桌边上，

一床白色的羽绒被、

床单。马桶盖上

几滴尿液，衣柜敞开着，

我关上了另一间不起眼的旅馆房间的门，

在这个充满回忆的地方，

我却无从消化这记忆。

或许是帕斯卡尔错了。

我们的问题或许并不是

因为不能独自安静地坐在房间里，

而是和我们步调一致地

吸走了房间里的所有

空气，让我们没有选择，

只能去逃离

或是被驱逐。

*

两只关在笼子里的猎犬全神贯注，紧盯着
前廊的门。清晨时分。烟
从烟囱里冒了出来。

在回音湖，被包裹得
严严实实的船只像巨大的蚕茧，正准备着
冬眠。

其实并不是我是另一个，而是我的生活总在别处。

到了第三次才摆正了
位置，但他的肌肉已失去了之前的饱满。

但清晨的光亮了起来，你走出门外，
穿着莱昂纳德 · 科恩的 T 恤衫，
发现院子里铺满了被早霜冻死的
帝王斑蝶的尸体。

今天驳船又回来了，船尾用一条钢腿
支撑，船头用两条，从湖底
挖出黏土和砾石。一名女子
用双脚踩着踏板，双手
握着操纵杆，控制着装满淤泥的

蚌壳桶，而排气管上的消音器罐上
则溢出一股股黑烟。

我立马小跑回家，
知道你一定很想看到这场景。

当我把你拽上，你对我说，
洛基正驾驶着一艘用逝者指甲
做成的突击舰。

湖面上的涟漪
继续在沙滩上恣意。

*

多年的截肢让法院旁边的梧桐树干
变成了一只残缺的巨型拳头。

记忆中，
你倒立的影子
从我身后靠近，
沿着水池出水口的
不锈钢罩子
挨着我的嘴。

我们的记忆常常局限于某些特殊时刻，
就好像是从电影中截取的静止画面，
这不奇怪吗？

翻箱倒柜的工作结束了。

每段合唱都安排了
新的声部，这样的顺序
有助于制造张力。

很难发出转弯的声音。

有十几只松鸡

被挂在理发店的橱窗里，
铁丝穿过了它们的鼻孔。

他仔细审视着自己无法靠近的
无边的地平线。

他们穿着时髦地迎接新年，在镜子前
伫立片刻。她能否捕捉到
他眼角露出的一丝怯懦？

她说，我非常同情那些
从未学会毫无效率利用时间的人。

还有哪些相信鸟儿会闲聊的人？对他们而言，
旅程早已结束。他们的好运已一闪而去。

上百只沙丘鹤在洛迪上空飞过，一起鸣叫，
盘旋着。然后消散在渐渐昏暗的天空里。

*

但是你又怎么知道树的哪条年轮是假的呢？

就好像我试图要发出的一种声音，
它只能通过我以前发出过的所有声音
和我的嘴现在发出的声音的不同
来想象。然而，这种声音确实在那儿，
在我的记忆中，它是一种感觉，一种隐喻，
就在我的舌尖下面，一个
在泥里划出又被踩去的名字，
是顺风中呈现的一丝爱抚。无声无息
却蠢蠢欲动，像是早晨太阳底下的蚁穴。

在悬崖下分子般的细沙中，
苍白的化石在雨后闪现，大多是
斑彩螺和外肛动物。它们对我说着话。

就在此刻，一排戏水的绿眉鸭跳入了眼帘。

*

就像紧闭的阀门潜藏着未来，
黎明前的红杉还未舒展开来。
旁观短暂，我们的生活在别处展开。

极具感染力的是你短促、爽朗、中气十足的笑声。

并肩走过
阿姆斯特朗森林，
空气像鼻烟般浓烈，
我们感到了兴奋和刺激。

只有在你的陪伴下，
我才能集中精力、毫不懈怠，
就像龙卷风中不断收紧的漩涡。

真理源于事物的存在。

*

我们在新年派对上碰到的肛肠科医生
对无用的诗歌嗤之以鼻，他用有限的词汇
来武装自己，说的尽是些套话和华而不实的东西。
我们转身离去时，你对我低声说，他的思想
就像一只蔫了的苹果。

词语变得如此渺小，都不能站起身来了。

习惯的自我焦虑。

要借火吗?

*

你说，不要无休止地
沉浸在我们的日常习惯之中。
也不要总是用相同的音节
来谱写自我。

我们躺着听钛铁矿般的黑暗，
听哗哗的雨声。睡意袭来，
灯还一直亮着，
在别处等待着我们。我

在你眼里，有时一定是
一只易兴奋又笨拙的猿猴，
或是只和猿猴一样
易兴奋又笨拙的西施犬。或是
像一个巨婴，脸上长满了
威严感十足的皱纹。

我们会经历所有的事物，
但在付出超常的努力之后，
当一切终于到来的时候，
我们却没有地方安放别的事物。

我童年的自己又问道：

你的一生都做了些什么？

一整夜，屋顶上噼里啪啦，
传来大雨鼓膜般的振动。

*

因为树木生长线给我们带来
在我们接受范围之外的意义，
所以我们对它保持怀疑。

当他微笑着摇头拒绝时，他脸上的
表情好像预设了你我生活在不同的世界。
他收留我们就像是吸入了一头动物死尸的气味。

但是怎样才能保持专注？怎样
才能不让心灵之针
掉入联想磨旧的沟槽？

你曾随口说过，我的艺术只不过
是生活自律的体现。

表达细微之处。精致的
调色板。你描绘细节
用着一支自制的细毛笔，
毛从你的前臂拔下。

你说过，他们不信任我，
因为他们看得出我更喜欢自己的作品。

所以我在你的枕头下放了朵红色的秋牡丹，
想让它给你带去好梦。你

还说了什么？
很公平。这是一场平等的婚姻，没有等级差别。

你在我身上留下的痕迹
就像井口上绳子留下的印记。

来，想想看吧。

至于我们格格不入的身份：就如布莱希特的观察，
正统文化的宫殿是建造在——

不要去解释。就让生命在你体内穿梭吧。

*

我把山金车倒入掌心，
开始按摩你后颈
紧绷的神经。

你，是我幸福形象的缩影。

只有在你的陪伴下，
我才能集中精力、毫不懈怠。和你
生活在一起让我适应了
各种不同的情绪，让我完整。
但是我又给了你什么作为报答?

婚姻，一种共鸣关系的占卜。

就在我们眼前，接触到空气
几分钟后，刚出土的壁画
鲜艳夺目的色彩
开始变成暗淡的灰色。

你说，叙事，只是驾驭时间的一种方式。

而被克制的叙事
剔除出来的感知

则可被其他手法所利用。

与此同时，未来毫无牵绊地向我们袭来。
是一个裂口。一个既成事实。一个深渊。

当心灵不再是生命持续的场所，那会发生的是什么？

在我们交往之初，你曾开玩笑地说，
你要想重振自己的命运，那就从现在开始吧。
就在那时，我第一次看清了你
坚毅坦然的脸庞。

*

但我以前只是个点唱机。从我嘴里说出来的
都是别人想要听到的。

那就让处处回避的自我来说出真相吧。

我看到别人的生活。可是那不是他们真正的生活。

我越是努力去回忆，词语却越发模糊。

时间蜕变、埋葬记忆。无法
复原。渐渐地，记忆自我摧残，无法挽救。

六月的早晨。知更鸟触发了我
想要站起来鼓掌的冲动。

因为我紧紧抓住了我所爱的，我
经历的一切让我在大限来临之前
更容易放手。

因为我并没有紧紧地抓住——

我妹妹今天死了。我
父亲今天死了。我最亲密的朋友

今天死了。我母亲今天死了。
他们每一个人的死
都在我的身体组织中
同时引爆，让我失去依靠，
让我漂泊不定。

悲伤即是坟墓。

我为何还能这样继续燃烧下去？我为什么没有被吞噬？

*

夏日的走鹃在夹竹桃和褐色桶形仙人掌间
巡逻，从空中叼走蚱蜢。

你揉去遮住双眼的遮阳布。

莫哈韦日落粉彩的
半音音阶如何？

这里，就像你静下心来的任何地方，
消逝的事物又会重新浮现。

我终于明白了。

你，是奔向地球的太阳，光芒四射。

回到停在路边红土上的车，
我转移你的视线，不让你看到
一只已融化得稀烂的死鸟，它的眼睛
闪着一串串苍蝇卵的亮光。

我们只有在经验的边缘
才能用直觉感受到更多。

如果我说你以前和现在都在，谁又会来反驳我？

我们驱车深入沙漠，讨论着
有没有可能
毫无保留地去爱。

当我们在巴斯托停车加油时，

也就是我出生的地方，一个小男孩

让你抱着一只角蟾，而他则顺着它脊椎的方向

轻轻地抚摸它。

*

现在从我的鼻翼
到唇裂都有了
一条条弧形的皱纹。
还有一道深深的裂痕，
像是斧子在鼻梁上砍的。

衰老粗暴、不近人情，还很顽固。

在我们屋前的灌木丛中
除草，我呼吸到腐烂的树叶
略带甘草的气味。

尽管已是傍晚，我还能听到工人们
开着碎木机离我们越来越近。

在微光渐暗的余晖中，
我渺小的生机像尸体里的虫子
一拥而上。

用石头遮住双眼，
我想就睡一会儿吧。

别转身，否则你将失去我。

但是你还是走了，消逝在

梦咸涩的回冲之中。

*

思考难道不是
无处不在吗？不仅存在
人的大脑之中。什么能
不受我们影响保持独立呢？

你告诉我心痛并不是感知的对象。
我在想。那我怎么才能理解你的内心？

经验首先是一种感觉。
即使没有感觉也是一种感觉。

我们相互传递的爱意
并不能表达爱的意义，能传达的
只是爱的不可言喻。

因此，我所经历的你永无止境。
不受你维度的限制。

涂鸦：2 B True(属实)

你是如何坐在厨台边兴奋地交谈——
身体前倾，肘部外翻，手掌
平放在抛光的花岗岩上，你的手指

埋在大腿下面。

我能听见你，依靠的不是耳朵。
我用全身去聆听。

我们在彼此的手势和表情中
寻找一些证明，有什么
没有说出口，有什么
还深埋在我们心底。

*

所有这些关于情色的理论——
对任何人都是冗长的介绍。

除了第一眼看到你时的惊叹。
我的记忆里还保留着慢动作。我的冲动被什么卡住了，
让我陷入了深深的矜持。我就站在那儿眨着眼，
好像刚从冬眠中苏醒的动物。

你聪慧明亮的声音，常常夹杂着爽朗的笑声。

我被带到了还未返回的地方。
不再是之前的我。

老弟，你真是乳臭未干啊！

你粗壮的小腿、脚踝让人着迷。

惊喜之情。就像被上升气流吹到山上雪地的昆虫。

不管有意无意，多年之后，
我们熟悉的日常交流方式、
我们的举手投足，甚至是我们分开时的
独处都狠狠地把我们联系到一起。我们之间

有一种很难言说的默契。彼此的交流
扩展、收缩、延伸。对一切的所有感受
是衡量我们生活方式的标准。

这就是所谓的漫长的相遇。

然而，我们的间隙并没有缩小。

难道我以前爱得都有所保留？

我娶了一棵梨树。

*

变幻的光线给房间带来了生气。

我们彼此生活在各自的门槛上，
这又有什么稀奇？

你的眼睛总会透露出你的情绪。

在你身上，我找到了某种缘分。
我个人的自然史。

在你身边，什么无关紧要都随风而去。

是什么让你与众不同？是你的热度？

是你的热情。

打起喷嚏来，不是打一个而是一串。

我书房的门开了。一张笑脸在门外窥视。

你曾说你情不自禁地
爱上了我，因为我看你的眼神
就像牧羊犬般迷人。

昨晚，我们把车停在了小巷尽头的环岛上，
静静听着钠蒸气路灯发出的嘶嘶声，
看着橡树飞蛾卷起的风起起落落。

此地，我们的生命也在发生进行着。

月亮被虹吸成了云。

我真的在那儿吗？你需要我的时候我会在那儿吗？

*

在我们收到朋友的死讯之前，
就在几分钟的时间里，
别的朋友留下三条语音信息，
每条都说马上给我回电。

未来毫无牵绊地向我们袭来。

如果文字都那么愚蠢，
为何还要关注文字？

白浪扑来，就像书里一页页的空白。

*

世界无边无际又如何？我发现
自己沉浸在这个无法挽回的
午后的特殊性之中。蹲着
倾听一朵沙漠万寿菊绽放。
当一架看不见身影的飞机发出低鸣，
我突然意识到周围
静谧的暗流在涌动，
我感受到的不是孤独，而是
某种孤独的魔力。

那些不断传递意义的人
让我感到厌烦。现在我想敞开心扉
远离概念、诠释，
还有表象，而是向内迸发出
兴奋的激情。向矿物力量的
无偿启示敞开。难道这棵约书亚树的
物质性，它的生命力
不比它的意义更重要吗？

*

现在，一棵棵约书亚树在干旱中
枯萎——“在我们有生之年
不可能恢复”——而它们脚下的沙漠
正在剥落退化，自行解体。现在
本身也在破碎。逐渐

让我们够不到它。无法
被使用。我们的贪婪使用。虽然
石头有力量地
震动，还和地球的震动

同频，但低鸣

是我们听不到的。因此，
地面上的真相是被不断
修正的。谁能读懂
让人眼花缭乱的
断句分行？有可能

得到的解释就是
我们转错了方向，但真是
我们坚持重复转错方向吗？

*

旧金山上空的铝。
沉的会飞起，向东。或是朝南
和我们一起去墨西哥。

先生，您要去哪里？

酒吧后的灌木丛里，一只吹着口哨的青蛙
和院子里扬声器播放的劲爆的墨西哥乡村音乐
进行着一场徒劳的比拼。

在交配前，得唱得力竭而亡吗？

我拉了拉卫生间里空空的抽纸机，
就为了听发出的声响——
就像斗牛犬在喘气。

他们无法看清自己的生活，邻桌的女子
说着用大拇指和食指
在空中划了个方形。

每张凳子上都坐着一位独行侠，呆呆地看着杯里的啤酒。
午夜时分，

在关了门的博物馆台阶上
聚集着三三两两的年轻人，其中一个弹着吉他，
其他人都在唱着《加州旅馆》，我们漫步
从他们身边经过。

我醒来的时候，你已经从集市上
带回了波旁甜椒和两团盐。

向导卡车的后车板上放着脏兮兮的登山杖
和护胫垫，还有用金刚石板
和角铁焊接而成的工具箱。

我们经过几英里的荒地，看到的
只有镶嵌着棕榈的荒草。炎热闪着光。

就在我们开始
在扇形的峡谷岩壁间
徒步跋涉的时候，他教我们如何
把碾碎的臭虫抹在裤子上
来防止蛇的攻击。

*

但在这里，在我们入侵此地的时候，你说，

你说这个区域不是地球平常的句子，

我们正行走在口吃般的地形地貌之中，

在这沉睡的裂口，是一种复杂的张力，

你说着弯下腰，用手指触摸

被蚂蚁挖空的温暖的泥土，

而我则观察着我们身旁沟壑的发夹弯，

然后你站起身，把你的手指

放到我的嘴唇上，你说在这里，你看着我，

你的味道混着泥土改变了我的容颜。

*

当他们告诉我谈后悔
就是自恋的时候，我让自己
在漩涡中打转并继续
下沉，当他们告诉我
要向前看，向外看，
把注意力放到别人身上的时候，

难道他们自己不是
被另一种形式的自恋，也就是
被过度控制所驱使吗？
难道这样的哀悼不是
超越自我的东西吗？难道
我没有权利
去心疼，去悲痛，去失败吗？

孩子，你有这样的权利，但时间不会太久。

平静意味着绝望
已被安抚。

*

哦，糟糕。我突然看见
在陷阱里抓到的
是毁灭之神
最爱的猎狗。

一切都悄无声息，

就像从远处看到的河流。

谁都不能忍受悲剧。它让你无法自拔。

这，无可争议，他们说。
二加二等于四。就好像
理性能解锁真理、
宇宙的逻辑。可是
对有些人来说，二加二
等于很多。这也不错。

去抓住不能被抓住的
世界。

在黑暗的后方，你还看到了什么？

尽管没有人喊我的名字，我还是回过了头。

就在那一刻。就在那时我看到了你。

*

说到底，我们之间
存在什么？有存在吗？现在就有。

蜜蜂在你眼中嗡嗡作响。

拇指被塞进被窝的时候，手指就会张开。

目标从来都不是知识，而是专注度。

比如说番茄天蛾的绿色杵头。

或是树木活塞式的呼吸。

连我身体的形态
也是对世界咄咄逼人的回应。

我又如何才能被分离出来？难道我永远就这样？
难道我不会继续超越自己？

*

就像铁屑玻璃桌下面的磁体，你指引着我。

你温暖的躯体传导着热。你的气味
汇集到你锁骨上方的凹陷处。

是你的命令让我前行。在我停下脚步之后。
在穿过我动脉的
可能性的湍流
被成堆的记忆、怀疑、重新评估堵住之后。

手挽着手，走下梯井。

我这归来的亡魂，被遗忘的虔诚的非门徒。

我曾被那些
为了不让现实的景象
分散他们的注意力
而创造出无聊的人
事先告诫。现在他们
生活的每一刻都不再
显得那么重要。而

你日常的小小的热情都那么有力。所以

我对我们探险般的对话着迷。

忠实，是我们对未知事物的承诺。

你的眼神中，那种狂喜躁动的情感是如此生动。

还有你的活力：那生命的动力。

*

他即使远离了她，她的声音
还伴随着他，留在他心里。有时，
他会听到和自己说话。用她的声音。

你在想什么呢？眉头紧锁着干吗？
我在想你。
你在想什么？

我们可能看起来还活着，
即使生命的实质
已然褪去，就像盖着帐篷的布
随着一声轻响塌了下去。

树心空了，而树还活着。

我就这样燕式跳水般进入你，
融入你。你通过我站了起来。

她从新加坡给他寄了张朋友拍的照片。
她坐在铺着珊瑚瓷砖的小池边，
一群无形的金鱼在咬去
她前脚掌的死皮。

他整夜睡不着，无法
不去回放、去重播她的语言信息。

就好像他只能听到她没有说出口的话。

他周围的山坡上，烧焦的树干
和它们的影子铺成了小路。

*

在她旅行期间，他一直把她的
白色餐巾放在沙发旁的电视架上，
就是她扔下的地方。上面还放着
她那双还蘸着芳香墨鱼汁的筷子。

把头转向厨房，他注意到
毛衣肩上有她的一缕长长的头发，
他把头发摘下。在客厅的
灯光下，用拇指和食指夹住拿起。
他似乎听到空气中有一种低沉的
声响回荡在其他一切事物的后面。
他回顾了一下空荡荡的房间——找什么呢？
又把头发放回原来搭在肩膀的地方。

*

你是我一生的挚爱。
不，你是你自己一生的挚爱。

他信守承诺了吗？还是只是保留了怀疑？

在湖边，他的双眼直直地盯着
不知是哪朵浪花。水面下
游动的是什么？

太阳在泛着银光的天空中颤抖。

沫蝉吐出的闪闪发亮的泡沫
附在紫色的蓟草上，
而草则长在溪边的牛田里。
他走了好几个小时却总觉得
自己只看到了一半。消失
在岔路两旁的蜥蜴的尾巴。

夜幕降临，浓雾弥漫，
难以看清回牧场的路，
一切都完全陌生起来。

在这朦胧之地，在含义永不确定的时刻，

他觉得自己捕捉到了她的气息，那是孜然
和马鞭草混合的木香。就在此刻，

真相向他开了口。

一头黑色的公牛从雾中走了出来。

*

把看着书的头抬起，发现
没有人在旁边。那只是你的
一种形式。

你的声音，是打破沉默的狂喜。无尽的
存在。

我移开视线。回头
望去。一切都变了。

像是飞蛾撞上了挡风玻璃。

还点着的烟从车上扔下，
在黑黑的路上迸出火花。

我回想起你
第一次转头，你的脸对着我，
这一生命的事件。在我之前
又有多少生命没能把它看得如此清晰？

有些时候，至少在我们脑海里，
我们必须逆流而上，
回到爱初始的地方。

或许是过去，抑或是重回现在。
床里、床外。

因为我的一切都在你的眼里。

是你，释放了我的不同。

*

谁说你不能在船尾翻起的浪花上保持姿势？

树木线上的光下沉，星星开始成群出现。

太阳炙热的琥珀色光辉
为何在地平线上逗留，就好像
是在熄灭的人格中
褪去的最后一丝
真挚的情感？

我们发现彼此正在靠近承诺的边缘，
承诺的深度我们无法揣测，它吸引着我们
向内，去脉动中，进入我们自身，进入彼此，
进入棱镜般的直觉中，
什么打击或痛苦都无法抹去。即使是现在，
在长而广阔的拥抱中，
我们也在生发一种关联的节奏。

*

现存最古老的彩色颜料，
是从沙漠下面的岩石上刮来的
火一般的粉红。

春天来了。撞到了我。你
闯入了我的世界。

往事如浪花般不断涌起。

当我潜伏在水汽缭绕、
慢镜头式的、鲨鱼幽幽的
陆架坡折，你却有意识地
在岸边徘徊。

*

他被超越自己的智力所诱惑。

她很有趣。她的玩笑
成了他的。她把他的
某些手势融入到了
自己不可或缺的动作中。

彼此都被对方的魅力所吸引。

彼此被召唤
怎能说不是神圣的结合？

她让每一刻都充满活力。
他渴望看到她的光谱的所有色彩。

还有她的臀部，像极了两枚大蒜。

经历了那么多之后，
他们是否已去除了彼此的外在空间？

什么似乎都一样。前院
太平洋树蛙的蛙鸣得到了
后院青蛙的回应。火炉依然

紧闭着。崔墩美给的绿色鸟巢
挂在橄榄树树枝上。而现在
一切都在颤抖，屏着呼吸。

早晨在厨房擦肩而过时，
他把她的身体转向他来吻她。

就好像在回答这个问题：
你怎样对你的存在负责？

*

我承认：自己所有的举动都是为了你。你，
是初始点，是狂想曲的前奏。

即使是现在，很多年都过去了，我还是
会转过头，去听你说的话。
我知道这些都是我想象出来的，
而除此之外，我想象不出其他来。

我们相遇前，在我自己的照片里，
在我的脸上，我看到的只有即将到来的喜悦。

听得见的阳光，西美草地鹨的歌剧。
每一天清晨，你都会用歌声来跟猫咪问好。

就好像我们的幸福也有自己的渴望，
渴望啭鸣，渴望依附我们，渴望留下。

*

她比别人能更快消化经验。
她更直接。有时看起来
她的情感甚至能跟上她的生活节奏。

当上帝进入你的身体，
你的影子就消失了。

不过，只要我的目光还停留在你身上，你就会留下。

尽管我把某一刻视为决定性时刻，
我知道那是一辈子的缘分。

这些天，没有闹钟，
我都会在同一刻醒来。就好像
重复可能会带给我某种不限于
相似性的意义。

而你，听到了吗？屋外
持续不断的敲门声？

此刻，肱下颌肌肉收缩，
迫使舌骨在鞘中前移，
这样，啄木鸟的长舌——

在喉咙底部分叉，在头骨上
盘绕，固定于眼窝——
推入钻孔
进入我们家枯死的橡树皮下
蛴螬的长廊。

*

他们经过一大片沙地，一辆老爷车被烧焦的残体生着锈。

卡利科峰边不可言喻的寂静，
高飞在天空的红头美洲鹫轻得像灰烬的残碎。

光的漩涡，这一定是真实的。

但是今生不可能实现的，下辈子也难以实现。

他发现她正倚靠在栅栏边，和山羊
说着话：“小甜心，是谁
教你用后腿站立的？”

这是她春天的声音，被三月的花粉
弄得有些沙哑。空气中，
他的睾丸激素散发着恶臭。

被烧毁的橡树填满裸露的岩石缝隙。
刺眼的光，心里一击。

意识有没有情感？

他们会在真诚中重新找到自己的根，

还是欣喜总是那么偶然？缠绕

在熟悉事物中

慢慢解脱展开的自我

和希望的迷幻特质之间。

*

她并不执着于幸福，
不管怎样，她都不能把它
与运气区分开来。她要的是怒放。

她曾说过，幸福是给外行人的。

他说得很认真，看着她的眼睛寻找着肯定的答复——
答复什么？她听着，就好像他说的每一个字
都被秘密包裹着。他的口气有点难闻。
他的眼睛，又小又圆，还没什么
睫毛。她觉得就像是鳗鱼的眼睛。

嗯，她回答道。用的是他还能听到的
声音——低沉而坚定，
脆弱如地衣。一种像白天天空中
星星的声音。嗯，
我们会坚持到底的。

此刻，一队珠颈斑鹑
从郊狼灌木中冲了出来。

因为如果爱都无法存活的话，你为什么还会去爱？

*

时晴时雨的天气在城市

响起的噪音上空瀑布般落下，

在这干旱的地貌中，我们

将自己嵌入沙漠小丘，

被带齿的风和雨

慢慢啃食。你会让我

靠近你吗？前倾，

触摸厄运、柔情，留下

你喉窝、锁骨、乳头

我指尖划过的痕迹。

靠过来。在我的

嘴里，你的名字

已经改变了发音。

*

一枚橄榄石月亮。他对她的
所有了解和他所不了解的
相互平衡。

回家早了，赶上她
在浴室里唱歌。

他的内心蠢蠢欲动，就好像
中午吃了沙丁鱼和鹦鹉。

承诺和肯定他是所爱之人
之所爱。

但亲密关系的真正解释
是亲密持续的长短。

就像萤火虫照亮了
夜晚，他感觉自己的脉搏
从鲜活的琥珀变成了绿色。

*

莫哈韦，无论他是什么，

都来自于它的冲刷。

还有什么比这虚空的

无端奢华更神圣的呢？

她能看见自己在他眼里的
样子。从他的脸上，
可以看到她有多么美丽。

我如何才能衡量
衰老的内在体验？

你的爱意，
依然还在。

你消失在我的视野里。

眼前的一切由你生发。

*

身着长袖衬衫，头戴带檐帽，

他们徒步走在一条神奇的峡谷小径上，

路上开满高高的芥菜花。

*

在地质年代，他们的位置
会在哪里？她把望远镜举起
靠近她满是皱纹的脸。

*

棕榈树在干涸的泉水上方摇曳，

他们与自己相遇，

被鸟鸣穿透，站在树干

和从地面升起的蔓藤之间，

像他们的诞生和所带来的讯息。

*

有人在马路对面喷涂了两个方向

相反的橘红色箭头，

让下一场地震

知道该走哪

一条路。

*

在裂缝间行走，他们把声音
压得很低。轻轻的震动
快速传过断裂带。

*

成群的柱状裂缝将平原变成了一张网。
距离断裂处三十英尺的地方，
旱谷又重新组合。

*

烈日下跋涉一整天。没有
回头路。他们
所到之处，就好像大地
光滑的躯体被业余验尸师
切割过。然后，

*

一场急促的雨过后数小时，
地表长长的伤口边缘开裂的地方
开始长芽。

尾声

裂谷地带

我自己穿着软壳
冲锋衣和登山鞋
漫步走在峡谷
干旱的小径上，
经过一块块巨石，
小径旁开满了芥菜花，
就好像那是我的花园，
就好像我从未
划清把我
区分开来的差别，
就好像我在很久以前
不曾从自己身上

把不是自己的部分驱除。
但在地质年代中，人的位置
到底在哪里？我身上是不是
有某种品质把我是和余下的部分
连在一起？——和随便什么
剩下的部分？排除的部分。
在这个世界上我到底
把什么从自己身上排除在外？

调整一下帽子下面的头带，
我把望远镜举向
我满是皱纹的脸。
由于横向侧移，山的
斜坡已经变了形。
人的生命，那
到底是什么？即使在这
受影响的区域，鸟鸣声
穿透了我的全身，
我站在树干和藤蔓间，
它们拔地而起，
好像本身预示着诞生
和某种讯息。被蹂躏的土地，

这个地方只属于
它自己。从一面墙的
一丝细缝间，
树的根茎裸露
在空中。断层是地球的
接线盒，
而电线则
裸露在外。冲突
在地下翻滚，咆哮出
最微弱的分贝。当然

有迹象，但我们中
没有人亲眼目睹过
树木的芭蕾，那时，
它们脚下的土地
上弹起伏，它们突然
从生根耸立的地方
向着裂缝不断张开的
双唇倾斜。大地
驼峰起伏，树木向前俯身
并保持着新的姿势，
奇怪得像是宗教里的

虔诚礼。但在刚开始的时候，
我只是想着
自己，就好像我
不是其中的一分子。就好像
我既不在其中也不属于它。属于
什么？于是，我徒步走在
长长的断层线上，寻找着
新的视角，淌着忧虑，
思索接下来会发生什么。现在，
我已无法再从不像是我的自我中
向前爬行得更远了。大地
不断伸展、弯曲，从地下

向外伸展，渴望
一种新的形态，一个新的地址。
它从地层间挣脱开来，升起，
留下一条消息，
我觉得自己想的话，应该可以读懂。裂缝

穿过一切，尽管
我剩下的岁月——用手指数的话，大概
两只手就能数过来。我把它们排开，愣愣地
看着它们裂开、上抬的脸庞，我剩下岁月的
脸庞。我尝试过
重新排列，但没有用。它们一个接着一个
龇牙咧嘴，它们排出
硫磺的气味；它们的牢固被破防，
像长云般的污物涌入河流。我的时间在这儿，
又不在。双腿晃荡着，我在什么的
边缘休憩？我聆听着噼啪声，
身边微小的呼吸
渐渐灭绝。此刻，缝隙在缝隙间开花，
灰尘扬起，纷飞在干燥的风中。

炎热与寂静。然而，大地坚持着
开口处会被填满。为何

不去填？填满我自己。一遍又一遍。这种想法，
我不能理解。我从未经历过
流离失所。毫无立锥之地。我是不是
就应该愣愣地站在镜子旁
等着我的岁月流失？还有什么

经历还没有
被衡量过？有什么
应用程序吗？弯腰的时候，我感觉到
放在夹克兜里的标本石，
重量向前倾斜。
此刻，沿着峡谷的地缝线，
我一个人继续下山。此刻，我快速
吸了一口气屏住呼吸。此刻，我滑出视线，
一头扎进了一块烟囱岩。

结

摄影：杰克·谢尔

Knot

photographer: Jack Shear

杰克·谢尔

摄影：亚当·伯泽（Adam Boese）

杰克·谢尔（Jack Shear），摄影师，其对摄影的热情可以追溯到他在洛杉矶的青年时代。他的作品以肖像和裸体为主，被多家博物馆永久收藏，包括旧金山现代艺术博物馆和纽约惠特尼美国艺术博物馆。他曾在纽黑文耶鲁大学艺术学院和圣巴特雷米领地博物馆等地举办个展。他曾出版过两本书：《四名海军陆战队员及其他肖像》（*Four Marines and Other Portraits*）和《短暂的赛季：一支小联盟棒球队的肖像》(*Short Season: Portrait of a Minor League Baseball Team*)。二〇一六年展览及配套目录《借来的光：杰克·谢尔收藏精选》（*Borrowed Light: Selections from the Jack Shear Collection*），展出了他捐赠给纽约斯基德莫尔学院唐教学博物馆的两千多幅艺术史摄影作品。谢尔在纽约市和纽约州斯宾塞镇生活工作。

时间啊，要打开这个的不是我而是你，
这样一个结对我来说太难解开了。

——《第十二夜》[（*Twelfth Night*）2.2.40–41]

诗人小记

二〇一八年，醉心于图像的杰克 · 谢尔（Jack Shear）与我分享了一些数码照片，这些照片来自他的三部不同的作品。跟许多别的艺术家一样，他被序列性所吸引。这三部作品的内容包括闭目男子的肖像、抽象的建筑研究，以及动态的裸体和半裸体。最后提到的这一系列作品中，熟悉的男性肌肉线条被黑色的亚麻布所遮盖。但这块布在与人体的接触中迸发出了巨大的能量，以至于有了自己的生命——不仅是生命，还有维度。肌体和布上演了一出具有挑衅性的芭蕾舞蹈、一场摔跤比赛、一序列的呈现和消失，由此产生了即时的象征意义。遇到这些由原始元素、裸体和掩隐构成的变化多端、充满爆炸性的戏剧时，我们会有什么感觉？我被迷住了并要求能看到更多作品。它们的到来：梦幻、暴力、神奇、原生。在过去的三年里，我不管去哪儿都会把这些摄影作品藏在脑海里。二〇二一年， 杰克给我寄来了这些作品的大幅印刷品，我就把它们放在房间的各个角落，我知道可以用写作的方式进入它们。

结

精疲力竭，我爬不动了，不过，还有可能再撑一小会儿，喘着气，不用再努力，就这么抓着她从窗边垂下的瀑布般的乌黑长发。那扇窗看起来也就只有阳台那么高，不是吗？几个小时前我就开始了，不是已经爬了这么久了吗？眼前，我费力伸出的双臂颤抖着，一直疼到胳膊肘；肩头肿胀鼓起的肌肉贴到了耳边。是她在呼唤吗？我听不到。抬起头看到的也就只有她瀑布般的长发。停下歇口气不比向上爬容易，所以我继续前行。说句实话，我从未停歇过。我又聋又瞎地拽着自己向那一片泻下的乌黑挺进。是我要带给她月亮。

只要举起这块布，你就看不到我，不知道我是何方神圣，也不知道为何布的褶皱间没有泛光、起毛，或是投下阴影。我几乎隐形了。当我的手最后去探测布里装着的我，布里仅剩的空间就刚好容得下那只手，那只还在把布举过头顶的手，之前的我就要完全消失了，而布也会毫无疑问地掉落到地上，就好像布里从来没有装过些什么，也从来没有什么填充过它。或许那只是一个无常的灵魂。或许只是对某种形式的短暂暗示。那它到底是什么呢？别对我说那是生命。有的只是我的手腕、我的大拇指、我弯曲的手指。它们构成了仅剩的一切。类似于太阳下山后海平面上的一抹绿光。真的，已经不再是什么了，而只是附着在某种物体上的一丝牵挂，但那看似充实的物体也只是一片虚无。我受命于虚无，为之付出太多，以至于被排挤出来成了自己的幽灵。但在黑暗之中。在其之间。存在。

我并不羞愧。我蒙着脸和私处走向你不是因为羞愧。布遮掩的与其说是我还不如说是你。我太美了。真是太美了。大腿上掩映的纹络、绝妙的足弓、锁骨间的凹槽，看的话，你要从什么地方开始呢？你从未见过如此优雅的躯体。我完全占据着整个身躯，每一个细胞都鼓涨着活力。向你走来时，拨开的空气微粒在我身后聚集，漫谈着它们瞬间爱抚过的身形。我身后总有那些窃窃私语。你看，就连我的影子也要模仿我的样子。喉咙里攒动着的青筋天下无双。假如我的私处不再是秘密——那也很难说。我遮住自己是出于怜悯。好好看看我，你就知道自己的一生都在封闭的棺椁中度过。你想那样吗？我向你再走近一步，黑暗聚拢而来，黑暗成群结队，像裹尸布般贴在我身上，一片瘀伤，因为太多靠近我的人都已伤痕累累。

你紧紧抱着的是什么？

你能看得出是一具尸体。

那你要把它带到哪里去？

它随我而去。

你不是早已把送葬队伍甩在身后了吗？

这是私事。

是说那是你爱的人吗？

我希望看到这个人

做出更好的选择。

随着时间的推移，你会好起来的。

你不明白的。即将

到来的只是

我的刑期。

你不觉得感情会变吗？

如果时间是某种衡量度，

那对我来说已经停止了。

随你怎么说，你不是还有当下

和自己的选择吗？

你认为在过去与未来之间

有一个时间间隔，在那里

我思索着你的问题。但没有什么间隔。

你不相信有当下吗？

我的未来就是我抱着自己的尸体走进去的地方。

然后，我听到一个声音说：你把负担变成了一座房子，你被困在了房子里。所有宽敞的房间把你定住、锁住。不过，一旦你明白了自己所做的事，你就可以把房子扛在肩上，它会轻得可以随身携带。

我以为自己不相信虚无缥缈的声音。事实上，扛起房子的时候，我发现它沉得离奇。肌肉支撑不住的时候，我意识到，要承受如此巨大的重量就得抛开房子能勾起的意义，扔掉所有的门窗，抽出内部空间，把它压缩成一个房间。我需要缩小房子和身体间的分隔。

即便如此，我还是能感受到它极度下沉的重力，而我的头则不停地撞到天花板和墙壁。我也无法从包围着我的黑暗中走出。很显然，与其接受房子现在的模样，也就是说，一个限制性容器，我必须以一种全新的方式重新建立我们之间的关系。我需要深入这座房子，将我的坐标与它的对齐，这样，我们最终可以合成一种共生的功能，没有体积，没有颜色，没有开口，没有内也没有外。一个整体。一种哀伤。是我的理解举起了这座房子。

干得好，我又听到那个声音说。但在此刻放下房子会是一种错误，因为你已然成了它的地基。这是你的理解力发挥的作用。

你如果认为无法承受自己所承受的，那就看看我吧。就像地衣这种共生复合体物种，我放弃了一些东西而成就了别的形态。我坚不可摧、不容侵犯，没有任何事物可以破坏到我。如果我展现出与存在本身相关的缺陷，至少我的锁是不可能被撬开的。

今晚，我听到有人问：那是什么？另一个回答说：没什么，只是座房子蹬着两条腿跑开了。

但每个人所说的话终将成为自己的负担。

在我出现之前，谁能知道在你视野之外是否还有另一个世界？

我不只是一个带着黑河随从的男子。我与你休戚相关。

但我将自己转化成了这种起伏不定的流体状态，其间，梦成了思想，欲望成了存在，而这并非无政府主义的时刻。

你想听听我的一点建议吗？不要惧怕沉默。那不是深渊，而是一种充盈，超越了痛苦。

最终，你还是认出了我，历史的天使倒退着走向未来，而过去则在我面前飞旋而去，它的躁动不安成就了一种语法——现在快听，

正在说你呢。你能听到吗？你又隐姓埋名了吗？

啊，新割的茴香的甘草味勾去了你的注意力。一棵满是萤火虫的树闪烁着绿色的光芒。

而我就在这里，与身着黑白的你隔着一片创伤，

跌跌撞撞，稀里糊涂地掉回到无限的深渊，将你隔离在下一刻之外。

没有计划，没有目标，更没有你的英雄主义。到底是什么让你觉得自己如此特别？

你有没有幻想过把你名字的缩写文在我的双臀上？不想给你泼冷水，但你的每一个愿望都是那么微不足道。

还有，难道你不总朝着错误的方向看，换句话说，也就是内省？所以你错过了别的路标、别的道路，现在你的前行之路已经到了尽头。

但你还会向我伸手吗？

你撕开包装展示出我

仍包裹在毛皮间身体的长廊。这

就是：心灵之窗。

随性简约的

优雅。纹章系统里的

设计难道不是在赞美

我自身的盾形？据说，

我性别的句子

是用一个垂挂的修饰物

写成的。如果你仔细

看，你会发现

一条悬着的韧带

固定着环状的铃舌，

一条条幽暗的支流汇集

淹没了骨盆的入口。而我

还是如名人般隐匿着。如果我更暴露，

你会不会更喜欢呢？要是你

能用手指或是舌尖追踪

我双腿内流的毛发

所构成的角度？还没有

到你的生日——惊喜已然到来。

说什么呢？你说什么？

当我从迷宫的入口进入
竞技场，我尴尬于所有的咆哮——
就好像我是你期盼已久的
某种启示，如果你还记得
是什么。

嚎叫嘶鸣间
我什么也听不见。你说你是谁？

带着目的地的寂静。那是你的眼睛。

那你还在等什么？

我想知道是否能在某人的干预下
得到拯救。但你害怕得要死。

为什么你的随从就站在那里
看着正在看着我们的你？

这块布下，我的肌肉时紧时松，跳动着。

但你到底是谁？

忘掉我们身体间的差异
你就会明白了。

这是什么谜语吗？

在我身形的密度下，你会看到
从你苦涩、失望的内心中被消除的事物。

记得曾经的世界还有你，你眼中豹子般的低吼，那是世界的主宰之一吗？你真的没有想到地平线会像有效期般模糊消逝。你在有生之年都不会想到。芸芸众生会如此迅速地窒息而亡。但到那时，你自我的厌恶已经没有多少留给他人的余地了。于是，海洋沸腾了，微小的灰尘颗粒就像独裁之神的头屑般落在万物之上。

在这里，我就坐在这里，积蓄着力量，接受过滤过的阴影在我的皮肤上留下斑斑点点。每一天都用它细细的光束掠过我的面纱，给我插管。从上午到下午，有什么像狼蛛一样慢慢爬过我的帐篷顶。我还能时不时地感受到微风拂过的痕迹。

但我有无尽的耐心。我的妊娠在虚拟式中进行，也就是说还未到来的事物。留神看一眼，你能想象我脸上之前的表情。

在无人监督的情况下，我细细聆听来自你的世界的报告。这些报告听起来很像哭泣。晚上，什么都看不清，我把注意力集中在蟑螂在藤竹地板上发出的滴答声。微小的爆炸声在我的一只好耳朵里泡腾。

我可能是一粒种子，被播种在这里。

或是某个牙龈萎缩还长着美人尖的孩子。

我的时刻在此之后，在我被允许进入你的故事的时候。在此之前，休眠是我的职业。紧挨着你，我等待着被征召入伍。

如果我触摸自己，我也确实这么做了，我的皮肤模糊而遥远，像瑙加海德革。我的脚上有针刺，一只眼睛流出分泌物。我的屁眼发痒。靠着那只好耳朵，我听到要发生的事物。就像你的告白一样，都还没有发生。我的一只手紧紧握住另一只手。

在你所有的策略中，在你透彻的梦中，我只是一抹成长的留痕。你以为可以解决掉我吗？但你的每一波观察都陷入了一种松动的确信之中。

河流真的曾经被鱼类相隔吗？除了这些鸟，曾经还有别的鸟吗？现在有一个天才系统将乌鸦的概念散播到仅剩的几棵树上，而对你的感官刺激则被分期分批地测量出来。

在我脑海剧场中的某个角落，一只啄花鸟在一片棕榈叶后叽叽喳喳。月亮在荡漾的水面上留下波纹的印记。

那你呢？你是否还记得自己的高光时刻，你是如何像灯塔的光束般稳稳地、慢慢地、寻寻觅觅地跳入你的爱河之中？这些日子里，你的遗憾像尸体里的虫子在你体内蛰伏。这是不是你总是瞥向我的方向的理由？

现在什么都不是。看看你浪费掉的日子。我还会来过。

之后我发现自己　　　消失在自己畸形的

影子的入口

影子从泥土里　　　剥离开来，粘着

我的胸口、我的　脸，令我窒息，

吸着我向前　跳着诡异的双人舞，

进入它，进入　什么

现在？

弥诺陶洛斯：　所以我再问一遍。你为什么不听从我的指示？

囚犯：　就好像我的哀伤被嵌入了另一天的光，
哀伤苏醒时，我自以为的自我存在变得一片空白。

弥诺陶洛斯：　我的举动让你难堪了，是吗？你怕它能让你起死回生？

囚犯：　我担心每一种诠释都会把我带回到它的阴暗面，回到另一片夜。

弥诺陶洛斯：　这里，在我的斗篷里，只有梦境。而你害怕自己应得的事物仍然隐匿着。

囚犯：　在我自己的黑暗中，一种更深的黑暗与光明密谋着。

弥诺陶洛斯：　看是即时的，所以需要有耐心。但如果你有，你就能逃离我，而我会像灯芯般渐渐熄灭。

囚犯：　我的面容的诅咒，是你所爱的。我的相似之处，你一直在重复，无人能及。

只有我膝盖的　　眼睛能看到

我要去哪里　　在我满是细毛的　　大腿上，我拽着

什么罗夏克墨迹，　　另一个宇宙的　　某些碎片

没有星光，　　而你是不是也和我

一样的迷失　　尽管你把目光集中　　在一片我的肉体之上

闪烁　　像是试衣间门下的　　那点裸露　　而你却试图着去

哄骗　　不存在的事物　　得以呈现——我

骨盆的宝座　　垂下的私处，我的　　躯干、喉咙、脸庞、头发——

所有的一切都被吸入　　我穿着的　　旋转的云雨。

他出现的时候，我猜他把自己打扮成一只蝙蝠，

在一块硕大的布匹下挥舞着双臂，布把他的头完全

吞没。一开始没有人在意他，

有人换了音乐，还倒了皮斯科

酸酒，还有人点了一支烟，但那家伙继续

挥动他的双臂——非常缓慢地晃动——站在

壁炉前，在舞台的中央。我们

看不清他的脸，很快彼此间

又无话可说了，我们就坐在那儿看他。

那是谁？我身边的女子小声问道，但没有人

回答。黑色的翅膀缓慢地、有节奏地拍动着

不是要起飞，而是想告诉我们

绝不想知道的事情。

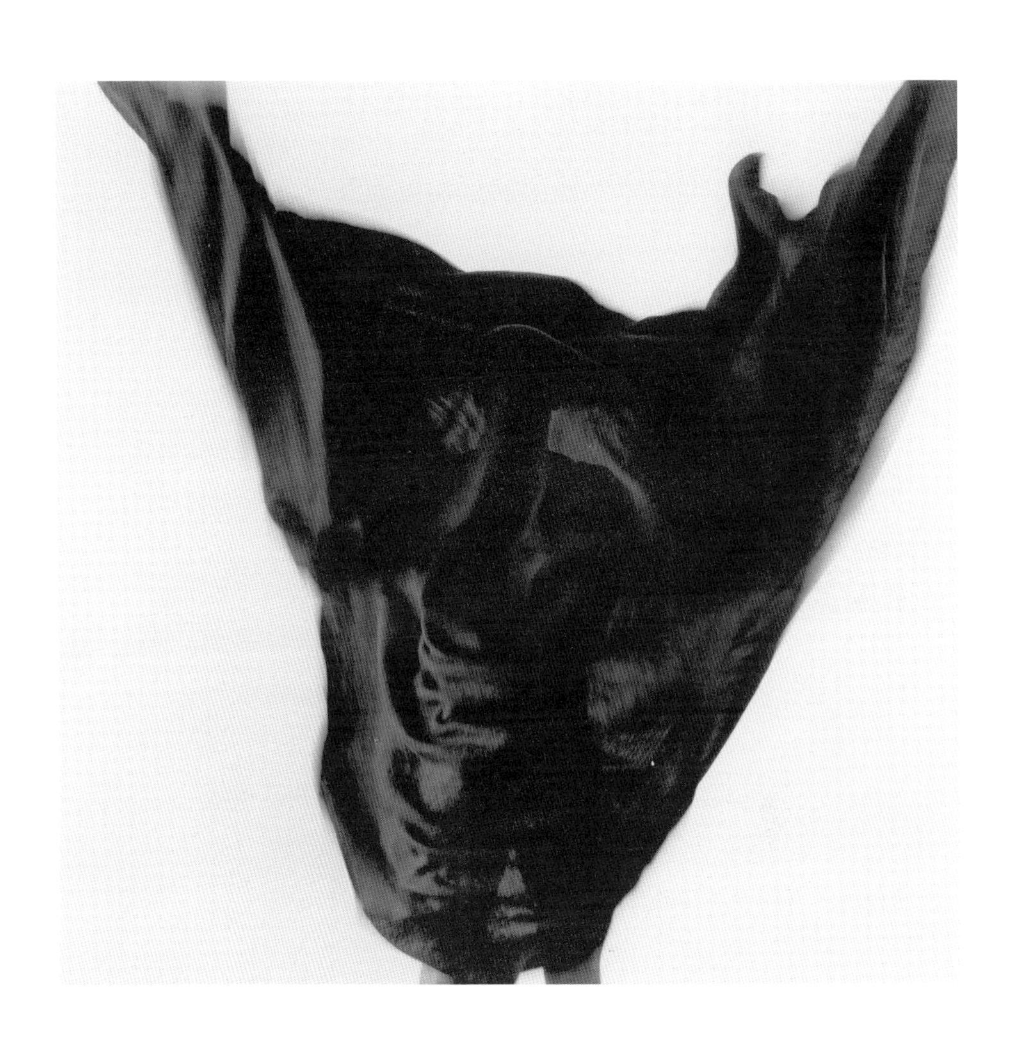

你看着我，　　感染我　　让我栖居于你，我站着

在这里　　就好像我不知从哪里

被冲了上来，没有　　背景，没有历史，身后　　什么也没有

只有你，你在我面前　　像颤栗的公牛　　为你我舞动着

这块布，然后在你眼中　　我没有位置　　所以你可以

随心所欲地　　对我干你想干的，任性地看待我

我是肌肉毫无脸面的一生——　记忆被搬上舞台

如果我消失　　我就会　　不仅离开视线，还会

褪去所有的经历　而你是例外，因为我如今　已经在你内心　尽管

你记不起所有人，　　你却忘不了我。

数小时来，你站在战场之上，双眼凝重，就好像被针定住了。

你在下面看到了什么？

我看到那片浑然一色的黑暗朝我扑面而来。

你只是在想如何回答吗？你一整天都没吐出过一个字。

我失声了，声音想独自待着。像是一个回音。我的大脑里

嗡嗡地响着可怕的声波辐射。

你要的是报复吗？

我想要的是帕特洛克罗斯。今天早上我还亲吻了他凉鞋的内侧。

我想要的是闻到他汗水气味时我体内产生的渴望。

你为何一个人就这么自言自语？你要干什么？

他的死让我恍然大悟。看，我的肩膀下面有条鳗鱼在蠕动，

我的双眼是皮革上拉出的洞。我全新的状态与生活

格格不入。

你怎么能就这样继续凝视着他缺席的身影？

这是给我的时刻——永久黑暗前的最后一瞥。听好了：

你有没有给一只大蜘蛛喷过毒药并看着它发疯、蜷缩、

狂抓、无声地尖叫、抽搐着，然后松开它的腿

还活生生的？我就是那只蜘蛛。

我刚才听到你的心跳了吗？

我把天空关闭。给我一个吻，道晚安吧。

我的身体　　是自己的，而剩下的

则是变数，　　我要成为什么样的人。

创伤造就了我　　现在的样子。

我的双眼，甚至是

我的脸，都让焦躁　　变得松弛，因为

我在寻找　　某一个人

那不是你，　　这个人甚至

并不存在，　　　你存在的地方。

是真的，我没有弄错

在这空荡荡的空间　　虚无的内核

瓶中的　　信息，但是　　当你低下头

来读我，　　什么信息

都没有。有的只是不时能听到的蟑螂——

踔步向前　　你自己

贪婪的欲求

渴望更多。

就像是从麻袋中露出的　　人体的档案：这儿

是运动员般的　　肱二头肌，　　丝滑的性感　　从墓葬计划中

凸显出来。　　你觉得自己　　有权利

来注视我吗？　　我只是想看一眼

未来。我们所有人　　都会被遗忘。

我的人生入场　　熄灭了光芒。

只要能摆脱你！　　我甩开你庞大的身影，

那一朵人形的云彩，　　但我又把它拖了回来

就好像我在偿还　　一笔从未预料到会发生的

债务。我的臀部　　翘起：肥皂泡

新娘般白色的张力。　　你抱紧的冲动：汹涌的

欲求。我们是两个　　截然不同的系统，互不相容，

尽管我们的分离　　毫无意义。还有，看——我还在

伸出我的手。

我在公交车后座上脱光衣服踢开

应急车门拽着满是虱子的毯子下了车跑过

跟在公交车后面的破旧的皮卡

一位老年农夫摇下车窗

他的收音机里正播放着《欢乐颂》这就是我想去的地方

我对自己说着掀开了毯子而毯子却在我周围涌了上来

就像是裂开了口的桶里漫出的高粱当然毫无意外他们放了狗追我

但我的心是一匹野马这就是我要去的地方我注意到

有一阵微小的沙尘旋风在路边跟着飞舞空气里渗出

要下雨的味道我能听到狗在叫我对一切

更加饥渴我没有放慢步子我跑过一个街角空荡荡的

只是有个人靠在被钉在电线杆上的字迹模糊的

报纸上他戴着墨镜吹着单簧管

他甚至没有注意到我的嗓子像碎冰锥

我一个字都没说虽然我想大喊嘿看是我

我继承了大地没有一丝阴影我永远不会寂寞但我

不是来吐露心声的我是来让人诉说的

告诉我你看到了什么。

一个男子。一个裸体的男子。

还有呢？

一块很大的黑布，披在他身上。

还有？

这个男子好像在向上潜行
穿过布料就如穿过一尾波浪。
扭动着钻入这块布
而布也在他身上塌陷。

或者说？

是的，或者说从布里转出来。

你的目光停留在了哪里？

起初是乳头
从他的胸前探出，
但不是这个，而是大腿外侧
从臀部的凸起到膝盖
优雅的弧线。肌肉
向外鼓胀，与垂着的布
交相呼应。还有，
等等，现在我看明白了！其他的一切
都是让人分心的事物。

当我最终放下自怜，
当我甩掉悲伤的衣裳，
恨恨地把它举过头顶，
我发现了自己，
不知道接下来会发生什么。
但那是你，难道不是吗？

你看到了未着衣袖的我。洗得
干干净净，雨后的花蕾。你
很清楚，我的身体不仅仅是
古老乐器的轴。你想要分享的
是共鸣。我的眼睛被遮住了，
你当然可以随意地赏玩我。但

你难道不想要更多吗？你
能仅仅从我的活力、我纯粹的形式中
满足你自己？我已经进入了
你的感官体验，而不单单是
信息。无论你如何凝视，
我都站在你的命令、
你的调情、你假装的亲近之外。
作为可见的事物，我永恒不变，仍然
值得你去关注。或许
我会让你走得更远，如果你能帮我一把
揭开我脸上最后的盲目。

你看到了什么？

从一片乌云中拧出的神性。

你是不是更喜欢没有躯体的神？

是他的裸体让我无法分心。

那你的眼睛呢？难道就不能靠得更近？

就像是猫盯着够不着的鸟。

你想要的是什么？

我只想要自己看不到的事物：我自身之外的事物。

但当你转过身去，神性就消失了，不是吗？

是的，但我的凝视已经在他的大腿内侧留下了蜘蛛的咬痕。

你到底想要什么？

你觉得我可以畅所欲言吗？我不能。

言语的气球
不见了，而沉默
还在噼啪作响。在黑暗
不安的缝隙间
你用力呼吸着
还未被大火吞噬的空气。
你的双臂在你的消失点上
拍动。你的
脑海在上升的气流间，
烟在你的喉头升腾。
仁慈和日光
会比你活得更久，但
这又都与你
有什么关系？是你
把隧道间蠕动的
幼虫般的失望
戳成了最爱你的人
心中发际的
裂缝。你
并不会感到惊讶，
现在你回眸一瞥，
睁大双眼，瞳孔
放大，无法抑制的痛
袭来，一股
重创。因为你的话

分量太重，

给你在这里的

时间的长度

过早地戛然而止。

被灼伤，被推入

这热流，

是你

不是你。

漫长的冲刷

翟永明

弗罗斯特·甘德是美国当代著名诗人、2019 年普利策诗歌奖得主。在国内出版的《相伴》和《新生》两本诗集，是弗罗斯特·甘德讨论家庭亲密关系与人类生态环境的力作，主题多元复杂、诗风浑厚深远。而我面前的这本诗集《魂与结》，应该是他即将在中国出版的第三本诗集。

弗罗斯特·甘德是中国诗人们的老朋友，2002 年，我在一位朋友的赞助下，试图举办成都国际诗歌节。当时通过北岛的介绍，我邀请了甘德与另一位美国著名诗人、译者艾略特·温伯格来成都参加诗歌节。那是一段可怕的记忆，当甘德和温伯格乘坐的飞机在天上飞行的时候，我接到了诗歌节因故取消的通知。几小时后，我不得不对第一次见面的甘德和温伯格宣布这个沮丧的消息。后来，我们的诗歌活动挪到了 50 平方米的白夜举行。我想，美国诗人可能不会在这个小空间里朗诵了吧？但是，甘德当天却与中国诗人一起，饶有兴致地在白夜读诗、讨论。在场的诗人王寅拍下了他强劲有力的朗读照片。

在后来近二十年的时间里，我曾两次有幸与甘德一起参加诗歌活动。其中一次是在新疆举行的持续近十天的“中坤国际诗歌节”，甘德和他妻子——著名美国诗人 C. D. 莱特参加了这次活动。我的照相机里还有许多我当时为他们拍摄的照片。另一次是王寅策划的“上海音乐诗歌剧场”。时隔若干年，当我在上海再次听到甘德读诗时，他那种独特的朗诵方式与电子乐、影像完美地融合在一起，让他的诗散发出奇崛变幻的魅力，给我留下相当深刻的印象。

2023 年，首届“阿那亚诗歌节”邀请我和甘德参加关于诗歌的线上讨论，我们俩隔空对话，探讨了彼此的诗歌观点，主办方在网上对诗歌读者直播了这次讨论。在对话中，作为地质学家的诗人甘德说：“生态诗歌其实有一个哲学立场”，这句话对我而言印象深刻。我想，甘德的生态诗歌观念与中国的“天人合一”是有某种可类比的内在联结的。的确，在人类历史上，人类和地质的时间概念是同步的。我们现在经历的地质灾难，是几亿年的变化突然在一个时间段发生的。笛卡尔曾说“我思故我在”，但人确实受环境影响，无论在任何情况下，人类处境都和外部环境相连。甘德因此说：“对生态的思考帮助我们理解人类自身和世界的关系。”甘德提到的生态，并不仅指动物，也包括地球上的各种生物，以及各种微生物。生态诗歌其实是试图解构地球中心论，甚至是人类自我中心论，回顾人类与自然和谐相处的时刻。事实上在空气中，在我们的身体里，都有不同的微生物；帮助我们呼吸、消化、生存、健康地生活下去。连人类的 DNA，也和其他生物、不同的物种有息息相关的联系。在甘德的新作《莫哈韦沙漠之魂》这首长诗中，除了我们在表面文本上看到的人类情感的描述之外，还有更多的潜文本。在这些时隐时显的潜文本中，流动着地球上与我们共存的那些朋友，以及它们与我们人类的共生关系，它们出现在我们的生活中，显得是那么地丰盈和脆弱。在甘德的诗里，伴随着“你”“我”“他”，伴随着人类情感出现的，还有甘德的生物，包括植物和动物世界：茴香、甘草、芥菜花、鹦鹉、琥珀、斑鸠、美洲鹫、地鹨、树蛙、蜥蜴、沫蝉、蟑螂、飞蛾、花粉，约书亚树，等等；它们和“地球的震动 / 同频，但低鸣”。少数生态诗人能够听到这种来自古远和自然的低鸣，并与之共振。

不过，甘德虽然强调生态诗歌，但他在创作中并未把自然浪漫化，他关注的是真正的自然，而不是经过人类人为去改变过的伪自然，后者显然是他诗中所批评的。《莫哈韦沙漠之魂》这首长诗的自然背景是莫哈韦沙漠，这里也是甘德的出生地。1992 年我旅居美国时，曾路过这个广大无垠的沙漠，彼时它的瑰丽寥廓和静止孤寂，深深地震撼了我，让我想起杜甫那句“大哉乾坤内，吾道长悠悠”。而甘德这首史诗般的长诗，也正是借助故乡的母题，在沙漠这个广角镜式的场景中，展开精神之旅的漫游之诗。甘德将之命名为“新小说诗”，也就是说：它同时兼具小说与诗的内核，从而去打破单一表述的边界。长诗的叙述者化身为多个人格、多个分身，形成一个不断推进的多重叙事框架， 从妻子 C. D. 莱特的家乡阿肯色州农村出发，一直行进，直到进入他出生的莫哈韦小镇巴斯托。从中可以看出至少有一条叙述线：甘德在诗中与亡妻、母亲以及陪伴他旅行的别的灵魂，抑或是它们相互交替——在纸上壮游这个沙漠版的奥德修斯回乡之旅。“我”在过去和未来的闪回与眺望中：“自我意识变得如万花筒般丰富多彩。”在行走中，“我”回忆了母亲以及这片土地对他的启迪：“我从她那里借来了光辉”，“我透过她的声音、她的眼睛来审视这一片风景”，这也是甘德最终成为一名地质学家和诗人的缘起。同时，与妻子多年共同生活的场景和精神世界相调和的往事，也一直在他的诗中经久不衰地低吟或唱响。“我”与亡灵精神世界的对话与寻觅，让我想起“上穷碧落下黄泉，两处茫茫皆不见”的名句，但是，在甘德的诗里，这种极度思念和强烈情感，却是与他在莫哈韦具体的旅途和对生死、家园的抽象思考，以及他一贯的诗歌哲学融会在一起的。所以它超越了一般的爱情诗或悼亡诗，而是“吾道长悠悠”式的上下求索、探寻自我之路：

莫哈韦，无论他是什么，
都来自于它的冲刷。
还有什么比这虚空的
无端奢华更神圣的呢？

《莫哈韦沙漠之魂》的结构既复杂又凝练，尤其是甘德在诗中常常自由地切换人称，自由地展开想象的声音：他有时以她的声音问话，同时又用自己的声音作答。二者有时又合二为一。这样虚拟的自问自答像一个辩证大师，把对话变成极具分量的纸张。

他即使远离了她，她的声音
还伴随着他，留在他心里。有时，
他会听到和自己说话。用她的声音。

诗中这种第三人称在上下句中，不时地突兀切换；犹如快速剪辑的回放镜头，作用于情感和经验的直接传递。有时候，我们不太能分清楚诗中你我人称中的具体所指，但由此更给读者带来一种辨认的冲动、一种代入的想象。在某种情况下，第三人称的“他”，并不代表作者，或任何他者，而代表的是某一个指称：有时是死神，有时是时间，有时也许是一片风景，甚至有可能是一些其他物种。在另外的时候，某个适当的时候，这个“他”，又会变换成“你”——这个在甘德笔下最自由的人称。

这首诗在最后留给读者一个开放式结局：

此刻，沿着峡谷的地缝线，
我一个人继续下山。此刻，我快速

吸了一口气屏住呼吸。此刻，我滑出视线，

一头扎进了一块烟囱岩。

无人知晓叙述者“我”最终下山或是留在了“烟囱岩”，那也许正是这首史诗和个人空间的一个隐喻：重生或死去？又或者：二者皆可抛？

第二辑《结》的内容，是摄影师杰克·谢尔（Jack Shear）分享给甘德的一些数码照片作品。这些作品包括男性肖像、抽象的建筑，以及流动的裸体和半裸体。有些照片中男性肌肉线条被黑布遮盖。甘德自称被这些作品迷住了，在反复观看中他意识到：“我知道可以用写作的方式进入它们。”据我所知，甘德一直喜欢摄影并亲自动手拍摄，更常常将自己的摄影和影像作品与诗歌并置在一起处理。所以，他用这些照片作为写作素材，是顺理成章的。

按照我自己对这组诗的理解，诗人在诗里用文字重构了“身体”。他把摄影师拍摄的裹着黑布的身体，看作“一个限制性容器”，然后以一种全新的眼光，去重新建立观者与身体、观者与被观者之间的各种不同关系。诗人深入这个黑白容器，将文字的坐标与影像的坐标对齐、微缩、共生和间离。在这里，甘德又一次熟练地运用起人称的切换，并将这种切换直接错位、颠倒关系，让凝视与被凝视者、又或者是肌肉与布，又或者是诗人与摄影师交换了主体，交换了凝视方式，并且让被凝视者主体占据了有利位置：

无论你如何凝视，

我都站在你的命令、

你的调情、你假装的亲近之外。

正如甘德在他的诗作《新生》里，破格地使用了一些向下的破折号——阳性休止。这是他借用了中世纪诗歌里的特殊方法，以打破叙述的声音以及读者对叙述发展的预设。甘德在这首组诗里，有时也用了类似的方法。他改换人称和指代空白，改换视角，甚至让被观察者进入观察者的感官体验中，造成一种间离效果；让读者从中读到一种与影像无关的陌生感，进而也获得一种主客体混淆的感官体验。同样地，这首诗里的“你”“我”，是如此地自由，完全不顾及它们在诗中的走向。在我看来，它们甚至邀请读者自己去搭建此种关系。这样的一种开放性的视角，使这首诗充满了各种属性、各种可能性、各种延展关系。让这首诗与这组对比强烈的照片，呈现出一种特殊的呼应和节奏感。

甘德在阿那亚·金山岭我们之间的对话中，也曾说到他的跨界实验：“我想和艺术家及其他人合作，因为在合作中，没法完全控制一个作品或者是一个项目的走向，这让我可以不断学习、不断重新探索和重新创作。”事实上，他不但与电影人、艺术家、音乐家，甚至与科学家、地质学家进行各种合作。在国内最近出版的甘德诗集中，我们都看到他这种无挂碍、无边界的创作自由，这来自于他不拘于诗人这个身份而开放地去接纳一切所获得的自由。

这本诗集的译者李栋是非常棒的诗人和翻译家，他的中文译笔让这本诗集增色不少。这些年许多人翻译诗集，但如果译者本身的中文能力不够，作者的精彩之处很难传递出来，甚至起到相反作用。甘德诗歌的精髓和语言的味道被李栋精准和丝滑地翻译了出来，使得这本书成为我近期阅读的诗集里，最让我着迷和享受的魔力之作。

2024年4月3日

译者小记

美国诗人弗罗斯特 · 甘德（Forrest Gander）在国内已出版了两本诗集。第一本是获得美国普利策诗歌奖的《相伴》（*Be With*），该书纪念了突然亡故的妻子诗人 C. D. 莱特（C. D. Wright），字里行间饱含悔恨与悲痛，点点滴滴的回忆间喷涌的爱意又唤起生的希望。第二本是《相伴》续篇《新生》（*Twice Alive*），该书把人类的亲密关系与物种间的共生合作联系起来，探讨了生态万物生死相连的主题。

《魂与结》（*Ghost & Knot*）是甘德两部新作《莫哈韦沙漠之魂》（*Mojave Ghost*）和《结》（*Knot*）的合集。《莫哈韦沙漠之魂》是《新生》的延续。该作品既是长诗，又有小说情节和人物刻画的特点，故作者把它定义为"新小说诗"（novel poem），拓宽了诗歌的概念和可能性。在这本诗集里，《相伴》中患有阿尔兹海默症的母亲已在新冠疫情期间离开了人世；《新生》中映射的新的爱情则变成了一场徒步旅行。透过母亲在沙漠里依稀的声音，诗人带着新的伴侣回到故土，重新发现在生态、生死关联中的自我存在。

《莫哈韦沙漠之魂》里长途跋涉间的内省叩问与《结》的瑰丽想象和极富张力的象征意义相得益彰。《结》是鲜有的诗人与艺术家直接对话的诗集。诗人被艺术家杰克 · 谢尔（Jack Shear）的摄影所吸引，围绕黑白照片中男性人体和黑色亚麻布的梦幻结合创作出形式多变的诗歌。人体和黑布这样的基本元素在摄影的抓拍和诗歌互文的演绎下折射出古老的人性命题。

《魂与结》延续了甘德诗歌的一贯创新实验，还不断突破诗歌对人性理解的深度和广度。诗歌伴侣莱特和单亲母亲的相继离世让甘德一度失去自我存在的意义，而在《魂》这一部分，诗人似乎又找回了平和的心态，他既能面对“现在我身上已经没有了 / 之前的我”，还能想象失去的亲人、爱人是“春天里山头沸腾的绿”。心态虽然平和了，但悲痛也带来了更深层次的自我消解和异化：“…… 无法 / 分清第一和第三人称的 / 界限。”自我主体主客观的迷失让诗人一度进入梦魇的状态：“你来看我，你的身躯又完整了，/ 可是你的呼吸里却是灭绝的气息。”生死界限变得模糊，你我的距离拉近，通过“你”，诗人又重塑与世界的联系。回到故地，诗人脑海中母亲的身躯在回忆中又清晰起来。同时，诗人也接受了母亲的离去，只是她的气息还在。正是这种母子间不可断绝的气息让诗人叩问自己到底是谁：“我童年的自己又问道: / 你的一生都做了些什么？”人都要对自我的存在负责，是母亲穿越生死的爱让诗人又重拾自我，但诗人继续向前的动力却来自新来的爱情，另一个活生生的“你”：“是你，释放了我的不同。”新的爱情让诗人又拥有了自我存在的新的可能性。而《结》这一部分似乎是更为敏锐的内心独白：“我又聋又瞎地拽着自己向那一片泻下的乌黑挺进。”舞者与黑布纠缠，于诗人恰似一种负担，“像裹尸布般贴在我身上”。在悲痛和回忆的重压下，诗人“把负担变成了一座房子”，“自我存在变得一片空白”。只有新来的爱情才能让诗人再次找到活下去的动力：“是我要带给她月亮”，能够“放下自怜”，“甩掉悲伤的衣裳”。在《魂》部分，“你”是“爱的不可言喻”，“改变了我的容颜”，让诗人能找到生的理由；在《结》部分，“我栖居于你”，深深的爱情在沉默间“噼啪作响”，相濡以沫，彼此交融。

《魂与结》是“看”的艺术，是对过往悲伤的回看，是一次次突破自我极限的向前看，是忧虑困苦无法排解第一和第三人称的自我对看，是你我离别重聚的无言相看，是看自我存在如何与生态相关联，是看爱如何穿越生死重新唤起我们诗意栖居在这个世界的勇气，是“从一片乌云中拧出的神性”。我们不必在意这“神性”到底是什么，或许只要不断地去看，就有意义，就有诗，就有爱：“不要去解释。就让生命在你体内穿梭吧。”《魂与结》是爱生命的诗篇。

感谢华东师范大学出版社多年来一直支持、几乎同步译介甘德的作品。此次《魂》这一部分甚至要比原作早半年出版，这样的前瞻性在国内出版界估计也是史无前例。甘德实验性的写作给翻译带来了很大的难度，但译者希望这样的写作能给中文诗歌带来新的刺激，也希望有越来越多的读者能接受当代实验诗歌给阅读带来的新体验。